경계가 환하다

경계가 환하다

초판 발행 ǀ 2016년 7월 20일

지은이 ǀ 김창제
펴낸이 ǀ 신중현
펴낸곳 ǀ 도서출판 학이사

출판등록 : 제25100-2005-28호
주소 : 대구광역시 달서구 문화회관11안길 22-1(장동)
전화 : (053) 554~3431,3432
팩스 : (053) 554~3433
홈페이지 : http :// www.학이사.kr
이메일 : hes3431@naver.com

ISBN _ 979-11-5854-032-6 03810

경계가 환하다

김창제 시집

學而思 | 학이사

자 서

지독한 폭염이다.
이러다가 시마저 더위 먹겠다.
다섯 번째 시집을 내면서
설렘보다는 두려움이 앞선다.
5년 동안 지면의 밭고랑에 농사지은 것을
가을걷이 하는 마음으로
민낯의 부끄러움을 감수하고
나를 멀찌감치 바라볼 요량으로
세상에 내보낸다.

담쟁이 서재에서

2016년 여름에
김창제

차례

1. 치마 밑 그 바다

2. 택호

3. 옛길

4. 별호

1
치마 밑 그 바다

쇠와 사랑은 1

쇠하고 오래 살면
사람 몸에서도 쇳소리가 난다
때론 쨍그렁하고
때론 찡그렁하고
고요도 부딪히면 쭈그러지고 상처가 되듯,
속으로 우는 울음은 붉은 꽃으로 피고
서로가 어깨를 기대면
단단한 벽이 되고 모서리가 생긴다

쇠도 사랑을 한다
개 흘레 붙듯 용접된 채
사랑의 바람을 껴안는다
왜, 사랑은 오래일수록 목이 마르는지
엉겨 붙어 붉게 녹슬어간다
제 살을 찢어 또 다른 세상 열듯이
쇠와 사랑은
더 뜨겁게 지져야 서로 돌아선다

쇠와의 사랑이 뜨거워지면
서로가 서로에게 녹아 하나가 된다

쇠와 사랑은 2

쇠는 용광로의 들끓는 뜨거움으로
서로를 사랑한다.
사람도 서로를 껴안는 뜨거움으로
서로를 사랑한다.

쇠는 뜨거움을 견디거나 버티거나
서로를 놓지 않는다.
그대로 단단히 굳을지언정
변하지 않는다.

다 사랑하지 못하면
그대로 그리움이 되고
한 덩이 침묵이 된다.

사랑도 쇠처럼 무거우면 이별이 없다.

굴삭기

하늘 잔잔한 날 낮 뜨거운 소리
남근 같은 뿌레카
딱딱한 길바닥 바윗돌까지 뚫어가는
저 요상한 짓시늉

끙끙 신음하며 뭐든지 품어주는
땅 땅 땅
그래, 너는 아직도 한창이구나

절단사 아저씨

쇠라는 놈은 왈기도 안되고 잡채도 안 되고
색시 다루듯 살살 구슬려야제
때론 적당히 열을 주면서 가장 얇은 쪽으로
신호를 보내면 응답이 와요
그라고 내 발등 찍히지 않게 은근슬쩍 내려놓으믄
두 동갱이 나요
그것들 열이 가면 부들부들 싹싹한께노
우쨌기나 달게야 돼요
녹슨 볼트도 망치 두 방 맞으면
헐겁게 풀린다니께
쇠는 거짓말 안 합디더

내가 술 질기고 잡기 질기다가 이렇게 됐소
그래싸도 빈하는 기 사람이지
쇠는 안중 녹은 슬어도 모양도 무게도 안 빈합디더
사랑, 그까짓 거 말짱 도루묵이요
캐싸도 좋아할 때 그때 잠깐 삐인기라요
빈하는 거는 쇠가 아인기라요

혼자 중얼거리는 김 씨 등 뒤로
벌건 쇳물 같은 노을이 걸린다

오래된 사랑

수채화의 덧칠처럼
암각화의 탁본처럼
수명이 다된 알전구
멀어져 간 생각 너머
오래된 꽃자리

봄 사랑

냄새로 들키는
소리로 들키는
짓시늉으로 들키는
사랑

바쁘면 꽃도 보이지 않고
산도 보이지 않고
봄의 소리도 들리지 않네

그대에게 소리 없어 들키지 않네
한꺼번에 다 피어버린 꽃들
환장할 계절 속으로 숨어드네

사랑과 송곳은 숨기지 못한다는데
봄 사랑은 어디에 숨겼노

고인돌

고인돌이다
옛날에도 그랬고
지금도 그렇다
무덤이다
정신이 아찔하게
흙더미
돌더미에 묻히는
즐거운 무덤이다

니기미*

막장에서 밥 벌어 먹고 사는 그 아저씨
기분이 좋아도 니기미!
힘들어도 니기미!
저놈의 입엔 니기미가
주렁주렁 조롱박같이 붙었다

사장이 보너스를 줘도 니기미
니캉 내캉 술 한번 씨기 묵자 니기미
니기미가 밥이고
니기미가 신발이고
니기미가 모자인

주름살 사이사이 퍼지는 니기미
새싹이 올라온다고 니기미
꽃이 진다고 니기미
시냇물이 조잘댄다고 니기미
무지개가 희한하다고 니기미
켜켜이 니기미가 얼매나 쌓였길래
오늘도 싱싱한 니기미, 니기미가 몸 풀고 있다
니기미, 니기미

 * 니기미: '네미' 의 경상도식 욕설. 혹은 자조적 한탄으로 쓰이는 사투리

허리띠

질끈 동여매는 순간
내 몸 위아래 기준이 된다
아랫도리를 고정시키면 하루의 시작이다
어떤 날은 갈색의 모임을 가고
어떤 날은 검은 조문을 가고
어떤 날은 흰색 운동을 간다
허리띠를 보면 내 하루를 안다
가을 똥배가 조임 마디를 뚝 끊었다
내 아랫배를 숨겨온 허리 핀이 부서졌다
한 손이 허리춤으로 간다
고요가 자꾸 내려간다
중심이 허전하다

고양이 발톱*

어디서 왔는지 알 수 없는 놈이
우리 집 서재에 숨어들었다
금방이라도 야옹하고 달려들 것 같은 저놈
날카로운 발톱은 책장 속에 숨겼는지
허연 배때기를 드러내놓고
능청스레 아양을 떤다

어디로 갈지 알 수 없는 놈이
야생의 습성에 물이 말라도 피둥피둥 스며든다
끝내 버릴 수 없는
발톱 밑의 허연 내숭을 어디에 방목했는지
숨어서 보던 나도 야옹, 야옹

도적 같은 놈

* 고양이 발을 닮아서 묘이고사리라고도 불리는 고사리과의 야생화

그날

유난히 봄볕이 고요한 날
아침먹이를 조르며 바짓가랑이 당기는 짱이*
눈웃음 귀여워 목줄을 풀었다
찰나, 쓰나미 같은 승용차
처참함, 내 무관심의 자책이다
슬픔은 소리 나는 울음보다
울지 못한 울음이 더 아플 때도 있다
그 녀석의 빈 집이 발갛게 슬프다
목줄이 눈물의 액세서리다
봄바람이 몹시 아픈 곳으로 불어온다

*짱이 : 애완용 개 이름

문

열고자 하는 문과
닫으려고 하는 문의 경계에서
서성거린다
모든 문은 시작과 끝을 알린다
나는 너의 문이고
너는 나의 문

흉터

싸리꽃이 한창이면
내 몸에 숨겨둔 이야기가
산까치 둥지로 기어오른다
삭은 가지에 그만, 그곳이
심심하면 날 울리던 월평댁
"씨알 안 빠져서 다행이네
창제 니는 장가는 다갔다"
울 아버지 나무지게에 송판때기 깔고
산길 시오 리 한걸음에 달려가
"황 약국, 우리 아들 불알 좀 집어주소
허허 그래도 그만하기 다행이네
중한 것은 용케로 삼신할매가 지켰구먼"
가끔 시간은 아픈 것들을 웃음 되게 하고
흉터, 아련한 기억의 창고에서
푸드덕 산까치가 난다

노쫑골 서마지기

스무두 다랑이 서마지기 논빼미
어느 하루는 한 빼미가 줄고
어느 하루는 한 빼미가 늘고
작았다 커지는 우리 논빼미
미꾸라지와 악머구리 함께 사는
물뱀이 내 가슴을 놀라게 한 수답
봉답에 한 많은 울 아버지
수답이 제일 좋다고 목숨 줄로 여기시던 논빼미
상전벽해가 되어 사과가 주렁주렁 달렸다
그 논빼미 미꾸라지 다 죽었다
아부지 막걸리 주전자에 코 박은 마늘장
한 사발 하시죠
술은 그 술인데
아부지 어디계십니까

치마 밑 그 바다 1

앞이마 뒷산만 보고
나물 캐고 소띠키던 고모야
완행버스 하루 달려 부산 간 고모야
"나는 부산 와서 기차도 처음 보고
바다도 처음 봤대이
그때 내 나가 스무 살 아이가
누가 보까 봐 치마 밑에 바다를 넣고
손가락으로 찍어 묵어 봤어
소문대로 바닷물이 짜드라
누가 보까 봐, 부끄러버서
그, 큰 바다를 내 치마 밑에 넣고 묵어 봤어"

2
택호

학교 가는 길*

설산 고지에서 아랫마을로 학교 가는 길
칠십의 까막눈 할아버지 손자의 까막눈을 띄우기 위해
영하 삼십 도의 혹한을 넘는다
일주일을 꼬박 썰매를 타며 눈과 얼음과 싸우며
눈물 강을 건너야 한다
쿵, 미끄러지는 할배의 온갖 설움 히말라야의 눈사태다
무릎에 피가 나도록 등짐을 지고 히말라야를 오르는 울 아
부지
쫑그래이 박재기 얼어 묵어도 공부는 시킨다던 울 아부지
살아계신다
얼음 녹은 강물이 범람하기 전 아랫마을 학교 가는 길
일주일 동안 눈 위에서 조각담요를 덮고
밤을 지새우며 당도한 파란 학교
처음 보는 다른 세상 매끈한 사람들
무엇이 히말라야를 지키고 숭배하는가
산이 높아서인가 정복 못한 무지인가
산은 여전히 눈이었다가 얼음이었다가 물이었다가
또 얼음이었다가 눈물이었다가
산 사람들의 가슴에 쌓였다 얼었다 녹았다 한다
입학식이 끝나고 산으로 가는 아버지들의 눈에 눈물 고드름

이 송송하다
　학교 가는 길에 울 아부지 얼음 지팡이 탁 치시며
　"야 이노무 자슥아 아직도 그 모양이가"

　* KBS 다큐멘터리 '히말라야 산 사람들의 학교 가는 길'

발

목적으로 가는 수단이다
늘 고달픈 믿음
견고한 기다림
오늘 밤도 뒷잠을 청한다

택호

시집와서 낯익으면 택호 하나 생긴다
숯골서 시집왔다고 숯골띠기
성지골서 시집왔다고 성동띠기
월평서 시집왔다고 월핑띠기
한 동네서 시집왔다고 본동띠기
평양서 시집왔다고 피양띠기
진목서 시집왔다고 진목띠기
띠기 띠기 생초띠기
매산띠기, 이기띠기, 대초말띠기
우리 할매는 잣들띠기
골골 사람 시집오면 이름 하나 덤으로 얻는다

반짝반짝 빛나는 새 이름

소꼴베기

공부보다 꼴베기가 중요하던 시절
지천으로 자라나는 개망초
꽃 피기 전에 송아지 양식이다
보리이삭 필 때 꼴망태기 또래들
"폭새풀 마이 묵으면 송아지 물똥 싸야
우째꺼나 참풀만 뜯어오거래이"
오후 내 공놀이하다
해거름지면 우리 보리밭
동네 아새끼들 쎄비렸네
폭새풀 뜯고 보리싹 골라내면 한 망태기 소꼴이다
나는 인자 아부지한테
꾸지람만 한 망태기다
"니는 시근도 없나 자라 콧구멍 같이 올 보리농사는 우짤끼고
그냥 보리골을 다 비면 인자 보리농사는 구쳤다"
잔소리 묵은 저녁 해가 쉬엄쉬엄 넘어간다

초승달

- 언제 얼굴 함 비도고?
  가느다란 니 눈웃음 보고 잡대이

- 한짝 눈썹은 차마이 잘 지렸는데
  한짝 눈썹은 잘 안 빈다 아이가,
  머시마야 쪼매마 지달리라 안카나?

- 문디 가스나,
  하늘 총총 봄인데
  짜드라 거칼끼 머 있노, 참말로?
  있는 대로 기양 고대로 비도고?

참외서리

원두막 참매미가 서두르는 시절
참외밭 지키라고 보내논께
그놈이 맨 도둑놈이네
모레 거창 장날 돈 사야 되는 큰 놈만 골라 따서
동네 형들과 실컷 먹고는 동네 서열이 귀족이 되는 날
"야 이노무 자슥아 니가 묵은 것은 안 아까운디
넝출을 다 밟아 놓은께 우짤라카노
그냥 묵고 싶으면 하나 따 묵고 말지 앞으로 그라지 마래이"
올해도 내년에도 참외는 주렁주렁 달린다
꾸지람이 마디마디 달린다
첫물은 다 따묵고 끝물 꽃이 노랗게 맺힌다
"아부지 올해는 우짤라캅니꺼"

밀사리 밀, 콩사리 콩

들꽃이 한창이면
삭정이 뿌질러 모닥불 놓고
밀사리 밀, 콩사리 콩이다
"무엇이나 설익어야 몰캉몰캉 제맛이지
다 익으믄 사리가 안 돼야"
풋물 들고 알 찰라 칼제 살짝 꺼실라 비비면
밀사리 밀, 콩사리 콩이다
서로를 쳐다보면 우스워 죽는다
깜장 화장 인도쟁이 키득키득 배부른 날
알불알을 불개미 무는 줄 모르고
엉덩이 퍼질고 앉아 양손바닥 비벼먹는
밀사리 밀, 콩사리 콩이다
후후 부는 바람에 콩알만한 저녁 해가
뒤뚱뒤뚱 넘어간다

대보름 날

새벽이 빠르게 오면
오곡밥 묵고 배부른 날
돌담 넘어 옥자에게
"옥자야, 니 더부 내 더부 다 사가가라"
돌다리 건너 용왕님께 절하고
허세비 속에 돈 얹고
쾌지나 칭칭 기분 좋은 날
온 동네 아새끼들은 다 나왔나배
"비나이다 비나이다
올 한 해 우리 집 아들 뽀드라치 나지 말고
우쨌거나 몸 성키 잘 크도록 해 주소"
따닥따닥 쾌지나 칭칭
우리 동네 달집 잘도 탄다
"홍식아"
"와"
"니 더부 내 더부 다 사가라"
심술궂은 개구쟁이 한 해 더부 다 팔아서
올 여름은 춥겠다

나무장수

산이 나를 배부르게 하고
나무가 나를 키우던 시절
지게목발 옹이 걸려 넘어질라
나무가 돈이고 밥이다
나뭇짐도 모양이 있고 등급이 있다
매끈한 싸리나무 매재비 되고
솔삭정이 이쁘게 묶으면
장터에서 알아주는 새시골 나무짝
리어카에 칫대 달고 내리막길 매달려 끌려가던 신작로
나무 팔아 중학교 가고 둘째 형 휴가비 하던 때
"창자야! 옹이 있는 나무가 불땀이 싸야,
 진짜표 흑고무신 닳아서 빵꾸나야,
 나무장날 운동화 사주지"
산이 나를 배부르게 하고
나무가 나를 키우던 시절
또닥또닥 싸리나무 추억이 타고 있다

문디가시나

꽃 피는 날 거기서 보자카디
뒷동산 참꽃 필 때
가시나 문디가시나
온데 간 데 없고 어디로 내뺐노

이때까지 지달려도 캄캄 무소식이네
참꽃 먹고 꽃술 먹고 곤드레만드레
꽃보다 먼저 뒷동산이 취하고
내가 취하고 가시나는 안 오고
그만 지달림에 취해서
올봄 다 간다 문디가시나

벌초

울 아부지 살아생전 하시던 말씀
"부모 하는 거 보고 자식이 따라한다"

잔잔히 무거운
무성한 풀들의 웅성거림
아부지 살아계신 말씀이다
싹둑싹둑 고매한 말씀이 다듬어지고 있다

타성받이 살던 설움
울 아버지 이슬길
조선낫 두 가락 숫돌 하나 주먹밥 하나
한 망태기 짊어지시고 시기터재 넘어신다

지금은 이백 리 자동차 길 씽씽 달려
아부지 만나러 간다
손자들은 아는지 모르는지
관심이 없는데
올해도 아부지 말씀은 무성히 자라 있다

"부모 하는 거 보고 자식이 따라한다"

꾸지람

동네 또래들과 싸움질하고
코피 터져 런닝구 찢긴 날
울 어머이 돋은 눈빛으로
몽당 빗자루 후리치는 말씀
"나가 뒤져라 이노무 자슥아
호래이 물어갈 놈 그랑께 지는 기 이기는 기라 케도
　우짤라꼬 꼭 이기야 되노 싸우지 말고 자분자분 지내면 되
지 자고새면 볼 낀데
　사람은 선한 끝은 있어도 악한 끝은 없다
　얼른 너그 아부지 알라 퍼뜩 씻고 밥 묵어라"
　그날 밤
선잠 든 내 발꾸락 이불 당겨 덮어주시고
이마 한 번 쓰다듬으신 울 어머이
문틈으로 스며든 달빛
울 어머이 부애를 삭쿤다.

숟가락

오늘도
목구멍 강을
꾸역꾸역
노
저어간다

아카시아

오월이 오면
이 산 저 산
머리채 풀어놓고
허옇게 울고 있다

향기로 취한 멍청한 산
윙윙 머리채 흔들고 있다

녹색 향기가
푸른 칼날에 서 있다

나락 먹은 소

별꽃이 송아지 눈 속에 뜨는 밤
이웃집 소가 덕석 두어 떼기 나락을 먹어 치운 날
내 귀를 쫑긋 세운
울 아부지 어머이 고요한 언쟁
"그만 됐다 짐승 키우고 자슥 키우는 사람 누구도 막말 못
한다
우리 집 소도 남의 곡석 묵을 수 있고 우리 달구새끼도
옆집 곡석 마구 파헤칠 때 안 있나
내 자슥도 밖에 나가 욕 묵을 짓 한다
그랑께 지만하게"
아부지의 설득에 사랑이 고요하다
별 먹은 송아지 음메짓하고
뒤뜰 참배는 사박사박 단맛이 든다

3
옛길

이사

내게 이사는
쫓겨난다는 말이다
화초의 분갈이처럼
채 새 뿌리가 내리기 전 옮겨 심는 과정이다
착근하지 못하고 노르탱탱한 실뿌리가 잘린다는 말이다
일곱 번의 분갈이 끝에
겨우 막장의 뿌리내림이 시작됐다
새로운 분갈이를 한다는 일
새로운 흙냄새를 익히는 일
나를 일으키는 일이다

잡초

담배꽁초처럼 버려진 해오름의
발갛게 솟는 그리움

불쑥 소리 없는 대답처럼 푸르게 자라는 것들

발밑에 번지는 부끄러운 것들

봄

모든 꽃들이
첫사랑에 몸살이다

우는 놈과
웃는 놈

이루지 못한 꽃사랑이다

우리 집 꽃밭

제비꽃 한창 꽃샘바람 야단이다
동백, 귓부리 시리다고 꽃이파리 세운다
봄, 동백 속으로 숨어들고
막 젖꼭지 보일락 말락 한 목련이 귀동냥이다
저것들 화냥기를 숨기고
필 듯 말 듯 봄을 숨기고 아닌 척
슬쩍 붉어진다
꽃 내숭 목련이 다 벗어던지고
더 보여줄 것이 없는 맨살의 극치를

나무의 몸부림

난 누구에게
한 떨기 꽃이 되어 본 적이 있는가
나무의 몸부림이
세상의 꽃이 되기 위해
얼마나 긴 날을 아파했는가
꽃을 바라보는 나는
그저 아름답다고만 했을 뿐
나무의 속내를 이해하지 못했다

나는 누구에게
한 소절의,
세상의 노래가 되기 위해
명창은 얼마나 긴 날 피를 토해야 했나
노래를 듣는 나는
그저 감동적이라고 했을 뿐
소리꾼의 아린 가슴을 이해하지 못했다

나는 누구의
슬픈 눈물을 닦아주기 위해
울어본 적이 있는가

그저 멍멍하게 바라만 봤을 뿐
차마 소리 내어 울지는 못했다

똑같다

미지의 세계로 떠나는 여행자
예쁜 사랑을 시작하는 연인들
나비의 우아한 몸짓
윙윙 꿀벌의 날갯짓은
똑같다

꿈의 색깔이 다 그렇듯

까딱하면 까딱할 뻔

새싹 틔우는 애기풀
꽃 피우기 전 노루 먹이 될라
꽃 벙그는 저녁
그대의 눈웃음 보지 못했다면
질주하는 찻길
일 미터의 찰나
엄마의 손이 뛰어든 아가의 손
잡지 못했다면
붉게 물든 낙엽의 길에서
엉엉 울고 있을까

길

꽃과 꽃 사이가 나비의 길
나무와 나무 사이가 새의 길
별과 별 사이가 별의 길

문을 열면 모든 길이 시작된다

만어사

바위가 가부좌를 틀고 기도를 받는 곳
그곳에 가면
종소리에 놀란 물고기들 돌이 되었다.
물고기를 건드리면
종소리도 나고
돌소리도 난다
내 귀를 잠시 씻으니 귓속으로
물고기 떼 우루루 몰려온다
나무들 그래그래 하면서 파도를 친다
스님의 염불 소리 구름배 노 저어 간다

그믐달

새벽하늘
잠든 여인을 본다

얼굴을 가리고
입술만 내놓은 고요를 본다

적막과 구름 사이
다가서는 여인의 입술

어깨를 툭 치며
고요를 노크하는 달 위의 하늘
하늘 위의 사랑
꿈속의 입맞춤

그림자

묏새들 저녁공양 끝날 무렵,
파계사 연못에
팔공산 가을이 들어앉는다

젖은 단풍잎 방석 깔고 앉은 산이
별빛 독경소리 따라
엄마가 부른 듯 천천히 일어나
서툰 걸음으로 돌아간다

잠시 머물던 산
떠나간 연못이 환하다

능소화 지다

칠월 염천,
앞 다투어 피어오르던
쇠불알 같은 꽃이
모가지 뚝뚝 꺾으며 뛰어 내린다

눈 비비지 않으려 용쓰는 나뭇가지나
뛰어내리는 꽃이나

딱히 피어도 핀 게 아니고
지고도 다 진 게 아닌

꼭 잡았던 손과 손
슬며시 풀리는 저 경계가 환하다

흘레 끝난 개다

그늘이 양지보다 뜨거운
사랑 몇
숭어리 채 진다

담쟁이

뻗어가는 손
그대의 심장을 만진다
내가 기대는 그대의 등짝
더듬이 같은 하늘 사랑
서로의 어깨가 되고 그늘이 되어
사랑의 우리를 만든다
한 뿌리에서 서로 다른 줄기를 뻗지만
더듬이 사랑은 그대를 향해
차근차근 다가간다
내 발돋움 뒤 꽃피는 소리
장미 터지는 붉은 소리로

배롱나무

꽃, 붉게 지더라

지는 꽃에게는 말 걸지 마라
꽃술에 부는 바람도 아프다

사랑은 봄처럼 설레게 붉다가
꽃 피고 배롱배롱 지더라

갈대

바람의 악보 따라
춤추는 무용수
사랑을 노래하며
멈추고 싶은 시간을 흔들어대는
고약한 몸짓
무심의 일 획
하늘 향해 그으면서
노래로 쓰러진다

옛길

누에가 뽕잎 갉아먹듯
사락사락 싸락눈 오는 날
옛길 걷는다

소 거름 한 짐
나락 한 짐
땔나무 한 짐
등태지기 사랑 한 짐
지고 오던 아부지 지겟길

지금은 탈탈탈
경운기 소리 속으로 숨었고

가을이 바쁘게 다녀 간 뒤
서쪽 하늘은
울 아부지의 등짝으로 기운다
하늘 한 짐 지고
불끈 일어서는 진계골

즐거운 향기

복중에 아기가 발길질을 해댄다
산모는 뒤뚱뒤뚱 즐겁다
아카시아 산마루 온통 쌀밭이다
꿀벌들의 사랑밭이다

청보리 순이 쑥쑥 돋는 달
이팝꽃 한창 밤이 환하게 눈부시다
먹어도먹어도 배부르지 않고
안 먹어도 배고프지 않는
즐거운 향기 내게로 불어온다
엄마! 어서 꽃 세상 문 열어줘 앙-

4
별호

딸에게

딸아이 시집간다
그날따라 새벽은 빠르게 왔다
멀뚱멀뚱 열린 하늘을 보며
연지 곤지 찍으러 간다
면사포 드리운 딸아이
신랑에게 건네는 손이 떨린다
아쉬운 마음에 발걸음이 뒤뚱거린다
신혼여행을 떠난 딸아이의 방 가득한 공허
아내는 그저 아닌 척 슬쩍 나를 울리지 않으려고 무덤덤하다
햇볕도 유난히 미지근하다

딸아, 저 넓은 하늘을 봐라
초록이 짙은 들판을 봐라
행복은 먼 곳에 있는 것이 아니라
너희 집 사랑이 사는 그곳에 있고
따뜻한 차 한 잔에 있다
이제 박꽃 같은 소박함으로 세상을 살거라
너무 큰 것을 기대하지도 마라
작은 것이 큰 것이 되고
만족은 너의 마음속에서 자라고

세상사 지혜는 버려서 얻는 것
작은 게 미래의 행복을 지키는 도구이니라

현수 아재

우리 동네 현수 아재는 어려서부터 동네 아재다
항렬이 높아서 아재고 시근이 올나서 아재다
나무하는 솜씨며 쟁기질이며 가마니치기며 싸리소쿠리 엮기며
무엇이든 손만 닿으면 명품이다
이마에 인상 계급장이 굵직한데
동네 구장질할라네 사랑할라네 사과나무 순 칠라네
우쨌거나 부지런테이
"올 사과농사는 잘 됐기요? 소 새끼는 또 잘 크고?
아재는 인자 땡 잡았네요
인자 일 좀 조께 하고 핀키 사소"
두 살 적은 꺽자는 아재한테 자랑 반 흉 반이다
겨울밤 쪽이불 시린 발 덮고 오골오골 모여서
라면 뒤리 화투 뺑하던 아재
언제 그래 참 한번 놀아보입시다
현수아재
달 한 장 둥둥 뜨는 날 어때요

오래오래 건강하십시오

사택에서 처음으로 염소젖 묵고 배 아파서 죽는 줄 알았습
니다
측백나무 울타리 훌쩍 뛰어넘어 댕긴다고
행동 발달사항 전부 '다' 를 주셨지요
저요 저요 손들어 급장하고 심부름 잘 하니까
칭찬을 덤으로 주시던 선생님
그때는 선생님들은 화장실도 안 가는 줄 알았습니다.
지금은 손자들 불알이나 만지고 핀하게 사시지요
새벽엔 과수원 일 하고 낮에는 학생들 갈치고
디기 부지런한 선생님
인자 사과농사는 우찌 됐는교 궁금합니다
오십여 년 전 기억하면 세상이 너무 많이 빈했는기라요
은사님한테 자주 전화도 안 하면시로 제자라 칼끼 뭐 있겠
습니까
선생님 죄송합니다 나도 자슥 키우고 묵고 살라캉께
바빠서 인사가 빠진 것 같습니다
다 핑계지요 뭐
오래오래 건강하십시오
밤꽃 한창 필 때 고향 한번 가겠습니다

욕쟁이 할매

"쏘가지를 바로 써야제 문디 자슥 지랄하고 자빠졌네
쏘가지 꼬꾸랑하게 쓰면 피던 나락도 안 피고
달렸던 열매도 다 떨어진다 카이
밴댕이 쏘가지로 인가이 복 받을 끼다
그라고 부모 보믄 그 자슥 안다 안 카더나
지 애비 지 이미 행상머리 보이까네 배울 게 머 있노
자슥 농사는 고마 구쳤다
비싼 밥 처먹고 배운 기 꼬장 고기가
늦었다 시퍼도 고때가 기중 빠린 기라
인자부터라도 핵교 가서 선상님 말쌈 잘 들으믄
인간이 될란가 우째 아노"

아른거리는 욕쟁이 이모 할매요
허 그래, 허 그래 호랭이 물어갈 놈! 하던
그때 그 놈이요
안개 머금은 햇살처럼
불끈 철들어가는 중입니다

외할무이

울 어머이 일곱 번째 막둥이 낳던 날
어머이 묵꾸로 미역국 끼리고
우리들 묵꾸로 수지비 뜨던 날
"창자야 올 반깅일이가 일짝 학교 갔다 오네
선상님이 마이 갈쳐 주더나
책보따리 끄르고 퍼떡 수지비 묵으라
우앳것도 마이 있다 더 묵으라 그라고
새까꿈에 소믹이로 가거라."
외할무이 오신 날은
우리 동네가 우스버 죽는다
저녁 해가 사투리로 진다

생일

섣달 초닷샛날
산그림자가 길어지는 시간
우리 사립에 금줄 쳐지던 날
나는 나를 기억 못하고 신나게 울었다
울 아부지는 군불을 지폈고
할무이는 미역국을 끓였고
갓난 자지를 만지며 쑥강생이라고 좋아하셨다.
쫑그레이 박지기 얻어묵어도 눈은 띄울끼라고 장담하시던
아부지
산판 통나무 사이수 꼽으로 지고도 꼬부랑길 잘도 내려오
셨고
이제 갓 젖 맛을 아는 누나는 할무이 방으로 밀려나고
내가 버젓이 울 어무이의 젖 주인이 되는 날
열두 살 시근든 성아는 동생의 출생을 기뻐했을까?
일곱 살 터울 둘째 성아는 할무이의 젖가슴만 간지럽히고
먹을 것도 없는 데 자꾸 식구만 불어나는 성동댁
돌담 사이로 들리는 월평댁의 시샘반 걱정반
"통시 가서 똥 누는 것보다 쉬븐가베
힘 두 분 불끈 주믄 불알하나 쑥 빠징께
알라는 참 잘 놓는기라. 신기하데이"

우쨌든 나는 나를 기억 못하고 울 어머이는 아팠고
할머니는 손자 사랑에 빠졌다.
어젯밤 젖가슴 퉁퉁 불은 어머이의 모습,
"어머이 젖 한 통 주이소"

울 할매

살아생전 할매 쭈그렁 찌찌
엄마 젖인 줄 알고 빨아대던 동생은 뭐 알겠노
할매의 등짝은 제일 크고 넓다
동네 형들이 건드리면 쪼르르 역성을 들어
내 속을 시원하게 풀어주고
할매는 손자들 목소리만 들어도
배가 고픈지, 뭐가 먹고 싶은지, 사랑이 필요한지 다 아신다
괜스레 어머니한테는 호통이시고
손자들한테는 지대한 관용이다
동네 잔칫날 젖은 것은 잡수시고 마른 것은 치마폭에 꼭꼭
싸오시던 할매요
평소에 하시던 말씀
"죽어서 잘 하면 뭐하노 살아생전 잘해야지"
개똥밭에 굴러도 이승이 좋다는데 할매요 거긴 진짜 안 좋은교?
대답 좀 해주이소
인자 손자가 사위를 봤어요 증손녀가 시집을 가네요
요번 설에는 우리 집에 손자들 다 모일끼라요
할매 정성껏 차례 올리겠습니다
"허허 그놈 우리 숫강생이 어른 돼 가는가 배"
할매 돌아가신 줄도 모르고 팔베개하던 그 손자 놈이요

별호

평화롭고 선한 이름
울 아부지는 평선 어른
눈 어두운 문 씨 아저씨는 심봉사
건너말 신 씨 할배는 굴뚝새
일본서 태어났다고 도리기찌
맨날 엎드려 잔다고 꺽자
아무 병치레 없이 잘 커라고 개야
바우집에 헌바우 양반
인택이 양반 키 크다고 꺽다리
별호도 가지가지
이름보다 정감 가는 우리 동네 꽃동네
먹골 건너 엉꺼리

우리 동네 심심한 동네
사랑방 겨울밤이 깊어 가면
새끼 한 타래 별호 한 타래

덕바우 아저씨

팔자걸음 아저씨 덕바우 아저씨
울 아부지한테는 때려 직인다 캐도
"좌우자간 우쨌거나 안 되네
마른 논에는 물이고
배고픈 사람한테는 밥이 질이지
소는 소 갈 길이 있고 개는 개 갈 길이 있네
좌우자간 안 되네. 평서이 그리 알게."
담 하나를 사이에 둔 이웃지간에
독하게도 타협이 안 되는 고집불통
덕바우 아저씨
죽어서도 좌우지간이네
지는 게 이기는 것으로 살다 가신 울 아부지

"그라마 우짜겠는교 그래함세."
엿듣던 돌담 굴뚝새
그만, 평선 아재 그래 함세

그때는

장내쌀 먹은 힘살로 사춘기를 버티고
고리채로 학자금 내고
자전거 통학 길 씽씽 달렸다
내 몸속 가난의 피는 서럽다
흰 고무신에 소 거름 발린 울 아버지
학부형 면담 때 부끄러워 죽는 줄 알았다
더 망할래야 망할 것 없는
내 생에서 가장 큰 장점이라며
너스레를 떨던 부끄러운 자화상
어느 다큐멘터리에서 개밥을 씻어 먹고 성공한
시민 갑부의 증언을 들으면서
장내쌀 먹은 근육으로 50년을 버텼다
생은 버티어 보는 것이다
"살다가살다가 못 살겠거든 딱 한 번만 살아보세"*
때론 그 시절 밑천 삼아
내일이라는 희망을 먹고 기다리던
그때 기억으로

  * 각원 스님의 말씀 중에서

우리 동네 잔칫날

온 동네 조무래기 덩달아 신나는 날
신랑 신부도 아니면서 그냥 좋다
맛있는 음식을 먹어서 좋고
개구쟁이 친구들에게 으스대며 자랑해서 좋고
소 마구간에 고릿한 소똥 냄새
가방지기 아지매의 손놀림 잔칫상이 두툼하다
새벽이 빠르게 동트고 세상 인심이 좋은 날
국수 한 그릇 돼지고기 오색 떡 한 쟁반
덕석 머리 잔칫상
온 동네 아들 다 모였네
내겐 어른을 꿈꾸던 시절
첫날밤 침 발라 문구멍 뚫고 낄낄대던
무수한 별이 미끄러지며 수다 떨던 날
호롱불 툭 꺼지면 침 꼬르륵 꼴깍
웃음이 와자지껄
그런 날 언제 한 번 안 오나
시간을 거슬러 장가 한 번 가보게

울 아버지 이력서

노을이 펄럭이다 나뭇가지에 앉았다.
 저 너머 너머엔 울 할아버지 적 할머니 적 미투리와 나막신
의 역사가
 질박하다. 설운 유년마저 사박사박 단맛이 드는 계절
 나무지게와 세경살이의 한을 등테 삼아
 가난의 유산 한 짐 능금밭에 부으시며, 육날 조선낫처럼
 그래 그렇게 무디게 살다 가신 울 아버지 이력서 한 통이
 붉게 매달려 익어간다. 사박사박 단맛이 든다.

치마 밑 그 바다 2

공부보다는 알라보는 일
수줍음보다는 쪼쪼바리 잘하던 고모
"나 부산 와서 바닷물이 신기해 실컷 퍼묵고
갈증나서 죽는 줄 알았다
지물국시 한 양푸이 멀거이 하품만 나오고
밤새도록 묵은 연탄가스에 치마 밑 바다가 노랗더라
하루 꼬박 김칫국 먹고 재봉틀 돌리는데
저 큰 바다는 달겨들고 머슴아들 눈빛은 파도처럼 밀려오고
그기 뭐 지나고 본께 첫사랑이라 카데"

답장 1

"창근아 보그라
더븐 날씨에 우찌 밥은 잘 묵고 지내나
여기 우리 집은 모도 너거 아부지하고 동상들 몸 편키 잘
있단다
새까끔 이중은 두어 뙈기 했고 비가 안 와서 안쭝 쪼메 남았다
닷새 전에 낳은 송아지는 인자 재우 발재죽 띤다
그라고 얼룩돼지 네 마리 낳았고 보리미상도 좀 했다
휴가는 운제 오노 모도 지달린다
우쨌거나 집 걱정은 말고 몸 성키 잘 있거라
뭐라캐도 지 몸이 질 중하데이
그라고 자주 핀지 해라 이만 총총 줄이뿌게이"
이제 갓 한글 배우는 셋째 동생
몽당연필에 침 발라 어머니 말씀
또박또박 받아 적은 그 편지
가끔 칠남매 우체통에 보내 오신다
올여름엔 참나리꽃 피는 날 오려나

답장 2

봄 눈 녹는 소리

울 어머이 칠남매 우체통에 편지 보내는 소리

"창근아, 너거 모두 잘 있나 날씨가 조석으로 빈득이 많은께 고뿔 조심하그래이

너거 아버지하고 나는 단디 싸자매고 잘 있다. 우리는 머라 캐도 너거 잘 사는 거 본께 원도 한도 없다. 그저 동상들 잘 챙기고 성지간에 화목하게 우애 있게 잘 사는 기 질이지

성이 고놈 장가 간다매 용성이 지성이는 제대했고 인성이 도훈이는 대학교 간다꼬 인편으로 소식 잘 듣고 있다. 손자들 커서 시집 장가 가는 거 본께 너거 나이도 술찮다.

큰아야 우애 상하지 말고 자분자분 달개서 그래 살아라.

지금 와서 생각해본께 너거 아버지하고 나는 벌로 살았는 기라.

이쁜 사랑 자식 사랑 한 번 몬해 보고 밭구랑에서 일만 꿍꿍 하다 그래 안죽었나.

사는 기 뭐 별거 있나. 몸 성하고 맘 핀하게 지리지. 요번 설 은 막디 주철이 집에서 지낸다매.

이쁜 손자들 보구러 부지리 챙기서 너거 아버지 손잡고 갈 꾸마.

창근아, 그때 보자. 너도 칠십이 넘어가네. 세월이 무상타.

창자야 벌써 너도 오십에 아홉이네. 나고들 때 차 조심하고
땅바닥이 미끄럽다이 잘 보고 디디라. 봄은 술찮이 먼갑다.
바람이 사끔 차대이 잘 있거라. 다음번에 핀지 할꾸마 "
　입춘지절 작은 설날에 부쳐온 울 어머이 편지 칠남매 우체
통에 한 통씩 보내 오셨다.
　개나리 꽃순처럼 이쁜 노란 봉투에 담아서

어머이 전상서
- 개나리 피는 날 하늘 가신 어머이

그곳 봄도 한창이지요. 이곳은 개나리 둘러 퍼진 언덕 위로 봄이 왕창 왔습니다. 어머이 하늘 가신 날 꼬옥 맞춰서 봄은 어김없이 만개하고 꽃 하늘 펑펑 오릅니다.

올해도 어머이 손맛 어머이 꽃 봄이 징하게 보고 싶습니다. 꽃다지에 냉이 달래무침에 오이 장아지 통학길 냄비밥에 가지 오고락지 콩자반 도시락에 침이 도는 날입니다.

어머이, 자주 핀지 할라카는기 묵고살라꼬 나부대다 본께 자주 몬 하고 차일피일 헛핑게 대다가 인자사 몇 자 적어봅니다. 머라캐도 자식이 부모 마음 다 알겠소? 내가 자식 키와 시집장가 보내본께 어머이 생각이 나서 몇 번 울었다 아이요. 나도 그랑께 나가 술찮게 묵었다 아이요? 인자 송이가 알라 배서 손자 볼라캐요 성이는 신혼여행 하와이로 갔고, 모두 성지간들은 각자 요랑대로 어머이 걱정 안 끼칠라꼬 잘 산다 아이요.

우리 칠남매들은 그래싸도 아버지, 어머이한테 배운 기 부지런한 긴데 아카시나무 뿌리같이 질기게 살아남아 잘 살고 있습니다. 큰 시야는 은퇴해서 손자 보고 놀고 작은 시야는 술을 쪼께 적게 묵으면 좋을낀데, 안중 술이 좋은갑네요. 나는요 성질머리는 쪼매 죽어도 안중 급해요.

영재는요 아버지 닮아서 마음이 질 느긋하고 주철이는 끝물

이라도 우리 성지간 중에는 좋은 것만 닮았고요. 남원 누부야
는 손자 둘이 본다꼬 자랑해싸도 할매 다 됐어요.

창연이 동상은 설악산에서 산나물 캐고 머루다래 따먹다 산
신령 다돼가고 제일 재미있게 살아요.

어머이, 글 한번 내질러 놓은께 핀지지 두 장에도 말 다 못
하겠다. 인자 그만 총총 줄이고 다음번제 소상키 핀지 올릴게
요. 우쨰꺼나 아버지 술 묵는다고 잔소리 쪼매만 하고 그래
지내소.

어머이 하늘 가신 날 불효자 셋째 올림.

해설

쇠와 아버지와 육성(肉聲)의 세계

신상조 문학평론가

시대마다 잘 쓰는 시인들은 드물지 않다. 그러나 자신만의 세계가 뚜렷한 시인은 의외로 찾아보기 힘들다. 그림자나 지문처럼 떼어낼 수도 지울 수도 없는 시의 특성은 다른 글쓰기와의 차이를 표시하는 동시에, 시인만의 고유함을 구별 짓는 형식적 표지들로 기능한다. 바흐찐에 의하면 언어란 '잠재적 방언' 들끼리의 경합에서 승리한 역사적 구체성을 지닌 집적체로서, 오로지 추상적인 차원에서만 '하나' 다. 이렇듯 통일적이고 자체완결을 가정할 수밖에 없는 사회·언어학적 체계 내에서, 특히 독자적 성격을 소유하는 '쓰기' 야말로 언어의 그물망을 찢고 돌출하는 '개별 방언'에 다름 아닐 터이다.

다시 말해 시는 독립적이다. 태생적으로 시는 모든 발언과 문체적 실천과 거기에 수반되는 표현 양식을 동원해서 자신만의 유일성(개별 방언)을 모색한다. 그것은 기존의 문학양식을 배반하는 반양식을 지향하거나, 유일무이한 주체의 반영을 보여줌으로써 다른 시적 '얼굴'과 자신을 구분 짓는다. 그런 면에서 전자보다 후자에 능한, '노동자로서의 족적'이 뚜렷한 김창제 시인의 시는 튼실한 결실을 거둔 것으로 보인다. "고철가루 벌겋게 묻은 현실"(『고물장수』, 1997), 즉 일상으로서의 노동을 소재로 한 그의 시는 주체의 삶과 유리되지 않음으로써 '의미-형식'이 아주 자연스럽다. 그의 언어가 쉽고 간명하며 메시지가 선명한 데에는, 낯선 수사나 표현 구조 자체에 연연해하지 않는 리얼리즘 시의 전통에 시가 서있어서이다. 때문에 일상에 기반을 둔 그의 시는 공감의 능력이 뛰어나고, 삶에 대한 위로와 질책을 아울러 갖는다.

1. 쇠라는 존재 확인

첫 시집 『고물장수』(1997)를 비롯해서 『고철에게 묻다』(2001) 『녹, 그 붉은 전설』(2004) 『나사』(2010)에 이르기까지, 시인의 시집 제목들은 이번의 『경계가 환하다』를 제외하고 하나같이 차갑고 딱딱한 쇠의 이미지를 벗어나지 않는다. 저러한 금속성의 제목들은 쇠붙이의 강인한 속성과 풀무불의 뜨거움을 동시에 환기시킨다. 또한 독자들로 하여금 "손수레를 끌고 골목을 누비던 고물장수에서 한 철강업의 경영자가 되기까지"(『고물장수』의 해설) 시인 내력을 톺아보게 만든다. 가난이 그의 삶을 쇠처럼 강하게 연단했고, 노동은 그의 창조적 욕구를 표출하는 훌륭한 구실이 되어 준 걸로 보인다. 시 쓰기가 일상적인 삶의 방식과는 다른 '나' 를 깨닫게 만드는 실존의 체험이라면, 김창제의 창조적 욕구는 노동을 매개로 표출했다고 할 수 있다.

  김창제 시의 '노동' 과 민족문학운동을 바탕으로 한 실천문학으로서의 '노동' 은 분명 구분할 필요가 있다. 다 같은 노동이라도 주지하다시피 80년대를 기점으로 한 '노동시' 의 노동은 목적의식을 품거나 선동성을 내포하면서 동원되는 전위적 성격을 특징으로 한다. 비교하자면 김창제 시의 노동은 당대의 현실을 가감 없이 형상화하기 위한 전략이 아니라, 시인(화자)이 자신의 주관적인 사상과 감정을 서술하기 위해 '쇠붙이에 서정을 불어넣은' 일상으로서의 노동이다. 카이저의 표현을 빌려 "시인의 심혼적(心魂的) 자기표현" 이라거나 "정조(情調)의 순간적인 고조를 띤 대상성의 내면화"를 서정성의 본질이라고 할 때, 그의 시는 그 무엇보다 '순수 서정시' 의 대표적인 예일 것이다. 그런즉 그의 시는 순전한 일상으로서의 노동을 노래한다.

  일상으로서의 노동을 노래할 목적으로 시인은 곧잘 '쇠'를 우의적 사물로 빌려온다. "한 덩이 실존으로/다시 서는 고철에게/삶의 길을 묻는다"(「고물장수 6」, 『고철에게 묻다』)는 진지함과, '고물장수 꼴값' 도 아랑곳 않는 당당함은 시인이 쇠를 다루는 사람이기에 가능한 자부심이다. 특히 삶의 길을 '고철'에게 묻는다는 시적 진술은 자기 자신의 존재 이유를 고철에서 찾는다는 내면 고백에 다름 아니다. 고철이 생존의 방식이라기보다는 생존의 이유에 가까워지는 모습이다. 고철을 통한 성취감이 삶의 고통과 쓰라림을 감수하고 계속해서 살아가게 만드는 힘이 된다고 봐도 무방할 것이다. 쇠와 관련한 삶이 살아있음의 확인임을 엿볼 수 있는 작품을 살펴보자.

쇠하고 오래 살면
사람 몸에서도 쇳소리가 난다
때론 쨍그렁하고
때론 찡그렁하고
고요도 부딪히면 쭈그러지고 상처가 되듯,
속으로 우는 울음은 붉은 꽃으로 피고
서로가 어깨를 기대면
단단한 벽이 되고 모서리가 생긴다

쇠도 사랑을 한다
개 흘레 붙듯 용접된 채
사랑의 바람을 껴안는다
왜, 사랑은 오래일수록 목이 마르는지
엉겨 붙어 붉게 녹슬어간다
제 살을 찢어 또 다른 세상 열듯이

쇠와 사랑은
더 뜨겁게 지져야 서로 돌아선다

쇠와의 사랑이 뜨거워지면
서로가 서로에게 녹아 하나가 된다
—「쇠와 사랑은 1」 전문

　시의 1연은 쇠와 쇠가 맞물림으로써 "단단한 벽이 되고
모서리가 생"기는 형상, 2연은 쇠하고 쇠가 붙어있음으로
써 서로 "엉겨 붙어 붉게 녹슬어"가는 형상, 3연은 붙어 있
던 쇠가 더욱더 부식함으로써 "서로가 서로에게 녹아 하나
가" 되는 형상을 노래한다. 말하자면 사람과 사람의 관계맺
음이 쇠의 속성을 빌어 반복·변주되고, 이 반복과 변주 속
에서 우리가 느끼는 것은 상처받으면서도 갈구하고, 극렬
하게 싸우다가도 화해를 거듭하는 관계의 지리멸렬함이다.
그렇더라도 반목과 대립과 욕망으로 점철된 생의 지난함을
수용과 저항으로 통과하는 사람의 의지적 자세가, "제 살을
찢어 또 다른 세상 열"어가는 쇠의 의연함으로 묘사됨은 두
말할 필요가 없다. 그러한 이면에는 너와 내가 "엉겨 붙어
붉게 녹슬어"갈 수밖에 없는, 사랑이라는 이름의 뜨거운 비
의가 존재한다.
　이 한 편의 짧은 시 속에서 무정물인 쇠는 "부딪히"고 "어
깨를 기대"고 "껴안"고 "엉겨 붙"는다. 모든 존재적 삶의
양식이 이렇듯 격렬하다. 쇠를 만지는 현장에 있다고 아무

나 이런 동적인 표현이 가능한 것은 아니다. 쇠에 대한 친화와 섬세한 감각에 힘입은 바가 클 터이다. 여기서 쇠는 구체적으로 존재하는 대상이 아니라 시인의 관념을 대변하는 추상적인 존재이자 그의 페르소나로 자리 잡는다. 결과적으로 이 시는 쇠의 특징을 보여줌은 물론, 그 존재 의미도 밝히고 있다. 이는 시인이 쇠를 통하여 자기 존재를 표현하고, 나아가 자기 존재의 의미를 찾는다는 사실을 암시한다. 사물의 본질을 성찰하고, 그 성찰 위에서 사물의 본질을 가장 실재적인 형상으로 표현하는 게 시적 언어라면, 쇠는 김창제의 시적 언어에 포착된 사물의 가장 내밀한 본질인 것이다.

시인의 말대로라면 쇠는 "그대로 단단히 굳을지언정/ 변하지 않는다"(「쇠와 사랑은 2」) "거짓말" 하거나 '빈(변)하면' (「절단사 아저씨」) 그건 쇠가 아니다. 액체의 성질을 간직한 고체로서의 이중적이고도 상반된 성질이 쇠의 속성이고 보면, 이것은 쇠에 대한 불변의 명제라기보다 가치 부여 작용으로서의 상상력이 결부된 쇠에 대한 감성이다. 그리고 쇠에 대한 감성의 가장 고양된 형태로부터 김창제 시의 풍경은 탄생한다.

2. 고향과 아버지의 이야기 속에 담긴 공동체적 윤리

김창제의 시에는 유독 아버지에 대한 이야기 많다. 그 중에서도 그의 과거사는 대다수 아버지를 중심으로 이루어진다. 그리움과 회한으로 사무치는 사모곡이 흔한 한국 시단에서는 이례적인 경우다. 자신이 다치자 아버지가 "나무지게 송판때기 깔고/ 산길 시오 리 한걸음에 달려와/ "황약국 우리 아들 불알 좀 집어주소"(「흉터」)했다는 어릴 적 일화나, "미꾸라지와 억머구리 함께 사는/ 물뱀이 내 가슴을 놀라게 한 수답"(「노쫑골 서마지기」)에 얽힌 이야기, 그리고 TV 다큐멘터리 '히말라야 산 사람들의 학교 가는 길'을 본 소감 등 많은 작품이 시인의 아버지를 기리는 시적 구조와 시적 정서로 이루어져 있다.

아버지에 대한 절절한 그리움은 그 자체로 아버지께 드리는 헌사다. 나아가 시인은 아버지의 삶을 통해 자신이 경험했던 과거의 정황들에 대해 감성적인 탐구를 시도하는 걸로 보인다. 그의 시에 드러나는 아버지의 삶과 그 배경을 이루고 있는 고향마을의 모습에서 우리는 그리 멀지 않은 시기에 존재했던 근대적 공동체의 면면을 발견하기 때문이다. 가령 다음의 시를 살펴보자.

원두막 참매미가 서두르는 시절
참외밭 지키라고 보내논께
그놈이 맨 도둑놈이네
모레 거창 장날 돈 사야 되는 큰 놈만 골라 따서
동네 형들과 실컷 먹고는 동네 서열이 귀족이 되는 날
"야 이노무 자슥아 니가 묵은 것은 안 아까운디

넝출을 다 밟아 놓은께 우짤라카노

그냥 묵고 싶으면 하나 따 묵고 말지 앞으로 그라지 마

래이"

올해도 내년에도 참외는 주렁주렁 달린다

꾸지람이 마디마디 달린다

첫물은 다 따묵고 끝물 꽃이 노랗게 맺힌다

"아부지 올해는 우짤라캅니꺼"

─「참외서리」 전문

아직 하우스 재배를 모르던 시절, 참매미의 울음소리가
그악스러워지는 7, 8월이면 참외밭에 참외가 단내를 풍기
기 시작한다. 고온을 좋아하는 이 박과의 식물은, 뿌리가
자리를 잡고 새로운 줄기를 기르는 데 소요되는 기간이 길
다. 참외서리를 하느라 "넝출을 다 밟아 놓은" 자식과 그
친구들한테 아버지의 "꾸지람이" 쏟아질 수밖에 없는 노릇
이다.

아버지의 꾸중은 기실 서리가 아닌 서리의 '방식'을 나무
람이다. 그마저도 날카롭거나 아프지 않다. 날카롭고 아프
기는커녕 "야 이노무 자슥아 니가 묵은 것은 안 아까운디"
라는 말에서 자식에 대한 정이 농익은 과즙마냥 뚝뚝 떨어
진다. 여기서의 '너'가 굳이 내 새끼만으로 선 긋지 않고
자식의 친구와 선후배까지 아우름을 우리는 익히 알고 있
다. 국어사전 역시 '서리'를 일컬어 "떼를 지어 남의 과일,
곡식, 가축 따위를 훔쳐 먹는 장난"이라 기록한다. 엄연히

도둑질인 서리가 유희적 성격을 띤 채 우리의 심층 토착 문화 중의 하나로 자리 잡은 데에는 배고파서 하는 도둑질을 눈감아 주는 심리, 즉 물질보다 사람을 우선시하는 가치관이 있어서다. 해서 "그냥 묵고 싶으면 하나 따 묵고 말"라는 인정 속에서 농촌의 하루는 "알불알 불개미 무는 줄 모르고/ 엉덩이 퍼질고 앉아 양손바닥 비벼 먹"는 재미에 "콩알만한 저녁 해가/ 뛰뚱뛰뚱 넘어"(「밀사리 밀, 콩사리 콩」)가기 일쑤다. 떼로 하는 도둑질을 장난으로 받아들이는 인심에 도시산업화 사회의 질병인 인간 소외 같은 게 끼어들리가 만무하다.

물질적 가치가 일상생활의 조건을 규정짓고 인간의 지위를 판가름하는 잣대로 기능하기 이전에 성장기를 보낸 이들에게 산업자본주의 사회에서의 일상이란, 정신적 단절을 불러오거나 일종의 심리적 외상(trauma)을 남긴다. 그런 시인에게 아버지는 공동체 내에서의 연대감과 유대감을 길러준 장본인이자 그 실체이다. "오후 내 공놀이"만 하던 아들이 꼴을 베겠다고 동네 아이들까지 몽땅 끌고 들어가 "폭새풀 뜯고 보리싹 골라내"며 보리밭을 망쳐놓아도 "니는 시근도 없나 자라 콧구멍 같이 올 보리농사는 우짤끼고"(「소꼴베기」)하면 그만인 모습은 「참외서리」 때나 매일반이고, "이웃집 소가 덕석 두어 떼기 나락을 먹어 치"워도 "짐승 키우고 자슥 키우는 사람 누구도 막말 못 한다"(「나락 먹은 소」)며 성난 아내를 설득하는 모습에서는 선량한 인품이 여실히 드러난다.

사회적으로 가난한 농사꾼이었던 아버지의 삶을 회고하며 시인이 그리는 것은 '공동체 내에서의 가족중심주의' 라고 할 수 있는 당대의 넉넉한 인정세태(人情世態)다. "부모하는 거 보고 자식이 따라한다"(「벌초」)며 스스로를 근신하고, "지는 게 이기는 것으로"(「덕바우 아저씨」) 돌려 해석함은 당시 일반인들의 사고와 행동을 지배하던 모범적 사상이이기도하다. 전자가 가족중심주의를 배경으로 한 인격이라면 후자는 공동체를 유지, 관리하는데 유용한 정신이다. 예컨대 어릴 적, "동네 또래들과 싸움질하고/ 코피 터져 런닝구 찢긴" 시인에게 "몽당 빗자루"로 후리치며 "우짤라꼬 꼭 이기야 되노 싸우지 말고 자분자분 지내면 되지 자고새면 볼 낀데/ 사람은 선한 끝은 있어도 악한 끝은 없다"라던 어머니가 그를 꾸중하다 말고 "너그 아부지 알"(「꾸지람」)까 쉬쉬하는 대목은, 시인 부모 세대의 도덕과 윤리관이 어떠했는가를 구체적 상황으로 보여준다.

　인간은 타인과의 만남 속에서 자기 정체성을 형성해 간다. 개인의 성장 과정은 이런 정체성의 형성과정이고 융의 용어에 따르면 개별화의 과정이다. 그렇다면 김창제의 이니시에이션, 즉 시인의 자기 발견과 사회 적응은 아버지와 고향을 중심으로 이루어진 걸로 보인다. 아버지와 고향은 시인의 내적인 원형상징이자, 그의 시에서 산업자본주의 사회의 병폐를 치유할 중요한 모티프로 기능한다. 주정적인 그의 시에서 가족주의적인 면모가 다분함도 고향과 아버지가 신념이나 사상 혹은 자기철학의 바탕을 이루기 때

문이다.

시인은 원형적 화소이자 자기 정체성의 근본, 도시적 일상의 상처를 치유하는 시적 테마로 아버지와 고향을 진술하게 노래한다. 바꾸어 말하면 어떤 기법이나 장치를 필요로 하지 않을 만큼 그의 시적 정서와 감각의 밑바탕엔 아버지와 고향이 깔려있다. 고향을 영원히 잊지 못하는 평범한 독자 누군들 "기억의 창고에서/ 푸드덕 산까치가"(「흉터」) 날아오르지 않을까. 가슴에 고향을 품고 사는 모든 이들에게 그의 시는 "또닥또닥 싸리나무 추억이"(「나무장수」) 타오르는 소리를 아련하게 들려준다. 아름다움과 감동을 불러오는 김창제 시의 원천적인 힘이 바로 거기서 비롯한다.

3. 구어와 대화체와 육두문자로 그리는 삶의 구체성

수사적인 언어나 학문적인 언어가 작가와 가까운 언어라면, 일상어는 삶의 밑바닥에 가장 근접한 언어다. 그런 견해에 따르자면, 시에서 구어와 대화체의 적극적 활용은 소시민적 본성을 풍자하기에 유용하다. "우리들의 시는 그들(프롤레타리아)의 용어로 되어야 한다는 것이 또한 요건이다. 그런데 그들의 용어는 대개 소박하고 생경하고 '된 그대로의 말'인 곳에 차라리 야성적 굴강미가 있다."라고 일찍이 김기진이 주장했거니와, 시의 대중화를 위해 그가 강조한 '알아보기 쉬운 말'이 '소설적 사건'과 '생활 감정의 형상화'에 빚지고 있음은 주지하는 바이다. 다시 말해 소설적 양식인 구어와 대화체, 그 중에서도 구체적이고 사회적인 규정성을 지닌 인물들의 이야기는 삶의 세목을 직접적으로 드러내기에 매우 적합한 방식이다.

　이번 『경계가 환하다』에서 가장 주목할 부분도 소설적 양식인 구어와 대화체다. 가령 "올 사과농사는 잘 됐는기요? 소 새끼는 또 잘 크고?/ 아재는 인자 땡 잡았네요/ 인자 일 좀 조게 하고 핀키사소"(「현수 아재」)의 경우, 화자의 육성을 그대로 옮겨놓은 듯싶은 불과 몇 행에서 우리는 현수 아재의 인생사라고 할 수 있는 서사를 단편적이나마 취할 수 있다. 또한 시인은 이러한 구어와 대화체에 '육두풍월(肉頭風月)'을 연상케 하는 육두문자를 더한다. 이 육두문자는 인물에게 구체적이고 사회적인 규정성을 자연스레 부여한다. 여기 '니기미'라는 육두문자가 입에 붙어서 떨어질 줄 모르는 인물이 있다. 그 "막장에서 밥 벌어 먹고 사는" 인생을 한번 만나 보자.

　　막장에서 밥 벌어 먹고 사는 그 아저씨
　　기분이 좋아도 니기미!
　　힘들어도 니기미!
　　저 놈의 입엔 니기미가
　　주렁주렁 조롱박같이 붙었다

　　사장이 보너스를 줘도 니기미

니캉 내캉 술 한번 씨기 묵자 니기미
니기미가 밥이고
니기미가 신발이고
니기미가 모자인

주름살 사이사이 퍼지는 니기미
새싹이 올라온다고 니기미
꽃이 진다고 니기미
시냇물이 조잘댄다고 니기미
무지개가 히한하다고 니기미
켜켜이 니기미가 얼매나 쌓였길래
오늘도 싱싱한 니기미, 니기미가 몸 풀고 있다
니기미, 니기미

—「니기미」 전문

    시인이 시의 마지막 부분에 미주로 "'네미'의 경상도식 욕설. 혹은 자조적 한탄으로 쓰이는 사투리"라며 '니기미'를 설명해놓았지만, '네+어미'의 합성어인 이 말은 알고 보면 '너와 엄마가 서로 상관하다'라는 뜻의 어원을 가진 상소리 중에서도 엄청난 상소리다.

    그러나 언어란 문맥 속에서 다양하게 굴절되거나 새로운 의미를 가진다. 시의 주인공은 "기분이 좋아도 니기미!/ 힘들어도 니기미!"다. 그에게 '니기미'는 하나의 언어에서 다른 언어로 자동적으로 넘어가게 만드는 매개이자, 의식이

무의식적으로 행하는 '단 하나의 언어 선택'이다. 무식한 농부조차도 하나의 언어로 예배를 보고 다른 언어로 노래를 하며, 또 다른 언어로 가족과 이야기한다는 바흐찐의 예시가 정확히 정반대로 이루어지는 것이다. 그러니 이 아저씨의 니기미는 감탄사임에 분명한 소리고, "니캉 내캉 술 한번 씨기 묵자"라는 문장의 줄임말이며, 일상회화의 보조수단으로써 "주름살 사이사이 퍼지는" 신체적 언어에 다름 아니다.

　결과적으로 육두문자가 섞인 구어와 대화체를 활용하는 김창제 시의 성격은 우리의 '육두풍월'적 면모를 띤다. 한시 해체의 역할을 맡았던 게 언문풍월(諺文風月)이고, 그 언문풍월에 육두문자를 섞는 육두풍월은 『춘향전』의 방자나 농민들의 풍자적 표현들에 다양하게 구사되었었다. 그렇더라도 엄밀히 말해 김창제 시의 육두문자는 풍자적이라기보다 대상을 입체적으로 묘사하는데 기운다. "심심하면 날 울리던 월평댁/ 씨알 안 빠져서 다행이네/ 창제 니는 장가는 다갔다"(「흉터」)거나, "쏘가지를 바로 써야제 문디 자슥 지랄하고 자빠졌네"하며 걸죽한 입담을 자랑하는 인물들은 우리에게 친근한 이미지를 풍기고, 기억 속의 노인들을 향해 "불끈 철 들어가는 중입니다"(「욕쟁이 할매」)라는 화자 안부의 '불끈'은 음담패설을 연상케 하기보다 장난기 다분한 훈훈함이 서려 있다. 시인은 인간적이고 평범한 것에 애정을 느끼고 거기서 미적 형식을 창조해 낸다. 그리고 그 최상의 미적 형식이 육두문자가 섞인 구어와 대화체다.

『경계가 환하다』는 현재보다 과거를 지향한다. 쇠를 통하여 자기 존재를 찾고 자기 존재를 표현하기는 물론이려니와, 추억과 회상의 형태를 취하여 나타나는 아버지와 고향이라는 모티프는 여전히 건재하다. 자신의 내적 근원이라고 할 수 있는 아버지와 고향에 대한 그리움이 평범한 이웃들에 대한 인식으로 증폭되어 있으며, 그 인식을 바탕으로 한 인물들의 형상은 김창제 시의 서정이 따스한 세계 이해와 전통적 서정으로 풍부함을 제대로 증명해 낸다. 그의 작품으로부터 독자들이 받는 위로와 감동은 그 서정적 감정이 이입된 현상인 것이다. 그러나 '기저로부터의 변화' 는 시집의 제목에서 감지된다.

칠월 염천,
앞 다투어 피어오르던
쇠불알 같은 꽃이
모가지 뚝뚝 꺾으며 뛰어 내린다

눈 비비지 않으려 용쓰는 나뭇가지나
뛰어내리는 꽃이나

딱히 피어도 핀 게 아니고
지고도 다 진 게 아닌

꼭 잡았던 손과 손

슬며시 풀리는 저 경계가 환하다

홀레 끝난 개다

그늘이 양지보다 뜨거운
사랑 몇
숭어리 채 진다

―「능소화 지다」 전문

내 '발'은 늘 "목적으로 가는 수단"(「발」)이었고, 숟가락
이 "오늘도/ 목구멍 강을/ 꾸역꾸역/ 노/ 저어간다"(「숟가
락」)고 시인이 고백할 때, 우리는 그의 삶이 그리 만만하지
않았음을 충분히 짐작한다.

요컨대 녹녹치 않은 현실과 이상 사이에서 찢기고 갈등하
는 모순적인 존재가 바로 시인이다. 언젠가 시인은 "나는
녹물을 팔아서 돈을 사고/ 고물장수 시집을 사고 시인의 고
뇌를 샀다"(「강요당하다 1」, 『나사』)고 노래한 적이 있다.
삶을 대가로 치르고 얻은 예술은 오직 예술 그 자체로만 지
고의 가치를 지닌다. 전작(『나사』)에 수록된 「강요당하다」
연작이 '아무도 나의 시를 강제할 수 없다'로 읽히는 이유
가 그래서이다.

생활을 팔아 예술을 사고 육체를 팔아 영혼을 사던 때의
시가 저렇듯 '오기와 절실함'으로 펄펄 끓었다면, 「능소화
지다」는 "그늘이 양지보다 뜨거"울 수 있음의 역설과 "딱

히 피어도 핀 게 아니고/ 지고도 다 진 게 아"니라는 관조를 담고 있다. 시의 완성도가 높은 것은 차치하고라도, 기존의 시 쓰기에서 벗어남을 예감케 하는 지점이 아닐까 싶다. '쇠'와 '아버지'와 '육성'의 세계가 주를 이루고 있음에도 불구하고 굳이 이 시가 이번 시집을 대표하는 의미를 찾을 수 있는 부분이다.

자신의 감정이나 욕구에 몰입하는 사람은 뜨거울 수는 있어도 종종 외부를 망각한다. 자기 존재의 의미를 자기 상처에서 찾거나, 그 상처를 치유하기 위해서 시를 쓰기 때문이다. 그런즉 쇠로 상징되는 열렬한 미망과, 아버지와 고향으로 대변되는 외부 사이에 김창제 시의 '경계'는 존재한다. 그 경계의 이쪽과 저쪽 끝에서 그의 시가 새롭게 시작된다.